輕漫搖滾

盧傑樺

【推薦序】一手寫火，一手寫水

先於認識傑樺這個人，我先認識了傑樺的詩。那是幾年前我擔任澳門文學獎詩歌組的評委，審閱作品時讀到一組題為〈拳王阿里〉的詩，眼前一亮，心想在小小的澳門竟然還有人寫這樣的大詩，十分驚喜，於是毫無猶豫地給了這組詩很高的分數，這組作品後來也得到其他評委的讚賞，並拿到了該屆文學獎詩歌組的冠軍，揭曉時才知道作者是一位叫盧傑樺的年輕詩人。

這次傑樺即將出版的詩集也收入了這首詩。〈拳王阿里〉這組詩是由三首詩組成，而第一首又分為兩節。這組詩雖然以拳王阿里為題，卻是一組反戰詩歌，其副標題就是「反戰藍調」。詩人用藍調來命名，或許因為作者是一位元音樂發燒友，藍調是他喜歡的音樂形式，他認為把這種起源於黑奴勞動號子的音樂形式融入詩歌，可以更好地表達他的思想和心緒。其實，他借鑒的不僅僅有藍調，還有具象詩。具象詩曾在歐洲和巴西流行一時，但在華語詩壇並無市場，只有臺灣詩人陳黎熱衷此道。傑樺把具象詩納入其中，利用漢字的字形而豐富了這組詩的形式，倒也覺得恰到好處。拳王阿里的出現，是詩人在尋找他的代言人，因為阿里除了是拳王，也是一位反戰人士，他替詩人打出了他戰無不勝的左勾拳，右勾拳，因為「戰爭的意圖是不斷殺死無辜者」，因為拳王要以「脫水的拳力逐下肅清這個時代所有可笑的觀念：戰爭、暗殺、軟弱、專橫、圍牆……。」相比之下，另一個拳王阿里則是一個在伊拉克戰爭中失去雙臂的孩子，具有諷刺意味的是，這孩子得到的禮物卻是一副拳套，這不禁令人心酸，也令人對戰爭深惡痛絕，詩人本人也因此加入反戰人士的行列。在《即興反戰藍調》中，他讓那些戰士組織成一支擁有手足情的小隊，用樂器替換了他們手中的武器，一起唱起了反戰的樂曲。〈紙飛機樣童年〉寫的則是自己，自己的童年和理想。在澳門這狹小的空間，跑道太短，理想的飛機很難起飛，而紙飛機是沒有天空的。這組詩歌視野開闊，主旨深刻，詩人生活在安逸的小城但沒有偏安一隅，而是表現出對人類處境的思考和憂慮。這組詩代表著傑樺那個時期的詩歌創作特點，他厚積薄發，一出手就是頗有氣勢的組詩，如〈等火抓到水為止〉、〈掙不斷草繩的鬥士參孫〉等。詩人努力地去打開澳門的門，接通了四面的大海，從而為自己的詩歌灌入了遼闊、繁複與深刻。他有意為自己設置了更為寬闊的舞臺，以發出更為遼遠和響亮的聲音。因此，他詩篇裡不僅僅包括了澳門，也包括了世界，他多元的題材涉及到許多具有廣泛性的話題，比如伊拉克戰爭、可可西里的藏羚羊、東南亞海嘯、日本核輻射、美國維吉尼亞理工大學校園槍擊案、敘利亞難民等。

傑樺後來的作品雖然依舊有他擅長的組詩，但更多的是單篇的短詩（很多也不是很短，只是相對而言），組詩和長詩需要長時間的醞釀和寫作，而短詩會有「短、平、快」的效果。閱讀這些詩歌，令我印象深刻的是他的人文主義悲憫情懷，他很關注那些在世界的邊緣上掙扎和被黑暗統禦的小人物，為他們發聲，比如那首寫敘利亞遇難兒童的〈小心輕放〉，就寫得十分真誠，而結尾搭積木的情景更是動人。傑樺的詩常常寫到孩子，這應該和他從事的工作有關吧，〈下午茶〉寫得活潑可愛，它藉兒童的視角和口吻，批判了這個充滿欺騙和謊言的世界。一個孩子，要走怎樣的路，才能像樹一樣向著陽光和藍天生長？這樣的成長會不會反而讓人生變得更為艱難？世界塑造著每一個成長的兒童，而這個世界是多麼的讓人憂心和煩心啊！除了孩子，傑樺筆下的人物還有死於火災的菲傭和籠民、搭棚佬、死於海嘯的普通人等，表現出他面對世事絕不是一個袖手的旁觀者，我想這和他的宗教信仰不無關係，我不知道傑樺有怎樣的宗教信仰，但從他的詩歌可以感覺到宗教信仰的浸潤，這使得他即使寫出的是嶙峋的岩石，也沐浴著溫暖的人性之光。或許，正是因為這樣的信仰，讓他選擇了獻身於兒童的教育事業。信仰不是祈求神對自己的護佑，而是讓自己的心靈聽命於更崇高的律令，堅定地按照自己的信仰去生活，去與這個世界相處，因此傑樺很少在「小我」的瑣碎世界中糾纏不休，而是蕩漾著上善之水，其源頭無疑來自他那顆悲憫之心。

除了宗教色彩的悲憫情懷，傑樺還懷有英雄主義的情結，或許他認為，在這個庸常的年代，只有英雄才能發出更強大的聲音，去救贖這個世界。因此在他的筆下，出現了格瓦拉、阿里、馬丁・路德金等不同凡響的人物，他用這些人物組建了一隻強悍的隊伍去革命，去反抗。「你一定會說我是個理想主義者，但我不是孤獨的一個」，他這樣說。這是一種可貴的精神，文學最可怕的是所謂的正確性，在這個消除邊界而又不停地製造樊籠的年代，我們當中的許多人被所謂的正確性所束縛、所鉗制，喪失了獨立思考能力和抗爭的勇氣，自覺或者不自覺地閹割了憤怒的器官，只會在恐懼中學習恐懼。詩可以言志，可以淡泊，可以獻媚，可以多情，而傑樺的詩歌更多的是擔當，是要確認自我的存在和思想的獨立，或者說，詩歌是他獲取自由的一種途徑，正如布羅茨基說，詩歌是高度個性化的，是免遭奴役的一種方式。雖然他在日常生活中是低調的，甚至匿於市井，但在詩歌中他卻是顯性的、在場的、積極的。傑樺對世界的許多問題，包括對澳門的政治生態都有自己的思考和立場，有時候他從澳門看外部世界，有時候他從外部世界來看澳門，這種換位觀察事物的方式無疑讓他變得更為深刻和透徹，比如〈面勝〉、〈網遊〉、〈苦無〉等作品就是這種思考方式的結果。

儘管傑樺酷愛並熟稔現代音樂，藍調、民謠、嘻哈、搖滾等都是他在詩歌中努力嚐試的元素，但如何把這些音樂元素有機地與詩歌對接還需要做進一步的實驗，即是那些以藍調或搖滾為名的組詩，也還存在著散文化的傾向，有時候讀起來不免有黏滯感，彷彿詞語之間缺少應有的呼吸與節奏。恣肆漫漶的句式固然會帶來江河般的浩蕩與奔湧，但節制與凝練也會使力量得以凝聚。

傑樺是澳門最具有代表性的青年詩人之一，他已經取得了很好的成績，但是他依舊走在路上，他可以走得更高更遠，因為他的起點很高。

澳門著名詩人　姚風

二〇一六年十二月十三日

【推薦序】

《輕漫搖滾》無限重啟的意志

樺哥，六年級，澳門人，從事教育工作。

樺哥，寫詩很多年。要在台灣出版詩集。

樺哥，澳門別有天詩社的社長，人很酷。

樺哥詩集《輕漫搖滾》正在進行中，預計2017年初在台灣出版。這本詩集意外的，非常的有主題性，每一輯都設計嚴謹，根本是一本沒有廢話的詩集。

輕漫搖滾滿滿的都是一個成熟市民對於世界的思索，立足於紙醉金迷的賭城小島，心裡想的卻是滿身殘破的世界。最能夠表明樺哥詩裡當代性的，不僅僅是他觸及的主題，還有他的說話方式：

即使一瞬間被擊倒……
亦需身負　無限次重啟的意志

——「魂斗羅的密技」

請小心輕放　請小心輕放
我們處於動盪的世代
我們是被扔到海裡的漂流瓶
我們只剩餘難民的條碼
我們的幸福早被吸光

——「小心輕放 Handle With Care」

我需要一個專注的頻道
將話語權分給受難的婦女與兒童
像晚餐時一起擘餅　彼此紀念
我需要吃苦的觀眾、聽眾或讀者

——「小心輕放 Handle With Care」

像玩積木一樣不斷的搭建與推倒
可以引發建築預算
　一次又一次的超支

——「小心輕放 Handle With Care」

紅布掩蓋了名字
像一個無名革命者的謙卑
讓我懷疑
每個人都可用紅布蒙眼

——「試業」

我們繼續行走
或是踏上給壟斷的地界
被掠去一大疊的鈔票
或是墮落在價格驚人的奴房裡
消耗所有的生命力

——「大富翁之夢」

我常常聽到孩子的哭聲
並辨別出它的味道
年紀小的孩子
就是哭與不哭的狀態

我想跟他們的父母說
這種是真的焦慮不安
這種是秩序感受到破壞
這種是快要明白分離的意義

——「辨音」

整部《輕漫搖滾》，都是像這樣舒服的說話方式，簡單的語言裡埋藏詭計，並能充分表達出詩人特殊的視野與觀點。我喜歡這種有能量的詩，給人一種再怎樣也要繼續拼鬥的意志。

斑馬線文庫社長、名詩人　許赫

【推薦序】隱喻的連接
——陰柔與陽剛、虛幻與真實、小城與世界

盧傑樺的新詩集《輕漫搖滾》書寫一個自我超越的隱喻。我們通常說起隱喻，都是從句法的層面去辨識。由於現代詩具有分行的自由和枷鎖，使隱喻更加隱密，有時模糊了隱喻和明喻的分別，有時甚至模糊了喻體與喻依的界限。我們不用懷疑句法層面的隱喻是現代詩的重要元素之一，但是隱喻如何超越這些表面，我們如何從詩作中尋找形而上的喻詞，進入詩歌世界中曖昧的質地？傑樺在《輕漫搖滾》中給出了他的答案，他的隱喻連接起陰柔與陽剛、虛幻與真實、小城與世界。

《輕漫搖滾》的第一輯「搖滾意念」已然宣顯詩中強烈的音樂感。盧傑樺詩作的音樂感最令我欣賞之處，並非一味狂放，而是在狂放中體會溫軟，猶如一種要在颱風中慢看飄葉的性情。過去詩人在不同的場合亦曾說過，他的詩作頗受藍調的影響，〈拳王阿里〉的副題「反戰藍調」更指明了此種音樂性的影響。「反戰藍調」之組合，不難使我們想起奧登的詩，他的四拍三行十二節藍調民謠寫出了二戰難民的悠揚的悲傷。形式只是定下抒情的基調，節奏才是現代詩人發揮的空間。和奧登的藍調相似，盧傑樺也是利用行間韻來製造節奏的變化，例如〈即興反戰藍調〉中的以下兩節：

我們的宿命。我們在曠野裏就這樣用槍枝築起火篝，唱起無人知曉的
《一支擁有手足情的小隊》，不管四方有沒有狼，不管子彈有沒有上膛，
像極流浪的吉卜賽女郎！火力不熱情嗎？天上爆出點點星星為誰而燼？

戰壕中我多懷念我們的床，誰給我枕頭，誰給我輕紗般的床單？這個
媽媽的懷抱妳的懷抱，艾利斯！請妳給我枕頭，請妳給我夢般的床單

陰韻「頭」夾雜在兩組陽韻之間（「狼」、「膛」、「郎」和「單」、「單」），又錯開在第二組陽韻之中。第一組陽韻後的追問簡單直接，卻沒有得到回答。縱使陰韻和第二組陽韻落在句式重複的兩行詩句中，陽韻的節奏被陰韻入侵，同時也被一來一往的自問自答打亂了。這是一個典型的例子，陰韻隱身於陽韻之間，陰柔棲身於陽剛之間，人在烽火中更會懷念高床軟枕。「搖滾意念」中的詩，即使是藍調，也要讀得快，詩之力量、情感之狂烈、節奏之頓挫才得以展現。陽剛是詩的主調，陰柔卻是詩的變奏。

跳去讀第三輯「忍法十帖」，陰柔成為主調，陽剛成為變奏，和第一輯「搖滾意念」剛好反過來。第一輯的「放」和第三輯的「忍」交相輝映。讀音樂性沒那麼強烈的詩作時，意象不可避免成為節奏的主角，意象代替音樂性成為詩的情緒。〈奧義〉是詩人寫給母親的詩作，絕大部份的意象均比較溫和，如「靜靜的霧霾山林裡，悄悄握著背劍」、「走不完你堅忍的迷宮」、「你創造了我在世上最安穩的忍屋」、「你在我孤獨的宇宙／迴盪前往光年的母音」，而這些句子卻夾著一個強烈剛猛的意象「像地殼親近地殼觸發的火山爆發」，「地殼」與「地殼」之間又夾著「親近」。陰柔與陽剛層層疊疊，詩的情緒交互混和。詩在陰柔中陽剛中陰柔……詩在陽剛中陰柔中陽剛……難道這不是超越了它們之間的隱喻嗎？

通讀《輕漫搖滾》，我們不難留意到許多關於遊戲的詩作，例如〈魂斗羅〉、〈大富翁〉、〈鬥獸棋〉、〈飛行棋〉等等。這些遊戲固然喚起我們這代人的童年記憶，而它們在詩中又超越虛幻與真實的界線。遊戲為遊戲者建構一個虛擬空間，遊戲的空間有其獨特的運行規則，反映現實世界的規訓。〈魂斗羅密技〉寫命運、政治與愛情的規則，遊戲者又有改變這些規則的BUG和金手指；〈大富翁之夢〉寫個人與房地產霸權之間的博弈，最後遊戲者只得改玩其它；〈鬥獸棋〉寫權力由上至下的壓榨，遊戲者選擇不去深究；〈飛行棋〉通過以飛機棋子喻人，書寫命運與造化，遊戲者乘客遵守規則，一直玩下去。遊戲與遊戲者的關係都是十分緊張和充滿矛盾的，遊戲者唯一可以做的就是在遊戲中改變遊戲規則，正如〈魂斗羅密技〉的最後三行：

於是我們發現這是設計者設計遊戲的遊戲
後來我們各人都學會用金手指彼此瞎戳
我們各人都在學習設計者設計遊戲的把戲

詩人往往就是改變遊戲規則的遊戲者，在虛幻中顛覆現實的秩序。虛幻和現實的秩序如此相似，運行得卻如此不同。詩人要通過書寫來建立虛幻與現實之間的關係，隱喻也許是唯一的辦法，而且喻詞只能是詩人自己。〈魂斗羅密技〉有詩人強烈的形象與身影，〈大富翁之夢〉的城市哀愁中有詩人的個人經驗，乃至〈忍者神龜〉、〈隱身術〉等詩作，詩人以自我作為轉軸，喻體與喻依、虛幻與現實才得以互相轉化，他的詩才能產生富足的意義。

寫詩最忌越寫越窄，越寫越本地化，越寫越個人，越寫越內心化，也許在小城寫詩更是如此了。熟悉盧傑樺詩歌的讀者，完全不用擔心這個問題，拳王阿里、美伊戰爭的難民、切·格瓦拉、敘利亞難民、被伊斯蘭國綁架殺害的後藤健二等等，都是他的創作題材。例如〈紙飛機樣童年〉寫理想與生活之間的衝突，既批評「澳門的山沒有高度，水沒有深度，只有超越海拔的近視眼！」，又不滿「生活已沒能耗的紙……都給詩人收去了記錄經驗／都給澳門詩人收去了吸食陳年鴉片四百年過把癮」，於是小城現實與世界理想的對話產生了荒誕的對比：「馬丁告訴我：〈我有一個夢想〉，我告訴生活：理想越大越容易超載」。又如〈等火抓到水為止〉第二節第二首，詩人把小城比喻成聖經中描述的索多瑪、蛾摩拉等罪惡之城，目睹「有很多地盤在裡面，文化遺產／在左邊啊賭場在右邊」，並在這「快要沉淪的地方」召喚拉丁美洲的革命英雄格瓦拉。詩人明白他的「理想在生活的海嘯中沉溺」，他問格瓦拉「你還愛我嗎？」，足見他對格瓦拉式革命英雄主義的懷疑，同時他也懷疑自己對小城的愛：「我還能愛我們這片土地嗎？」

盧傑樺不僅立身小城、胸懷世界，甚至更進一步，小城中有世界，世界中有小城，兩者的對話於此間平等進行，小城並非仰望世界，世界亦非俯視小城。詩人寫小城，同時在寫世界；寫世界時，同時在寫小城。如果我們將之看成一種隱喻關係，連接兩者的就是詩人從格瓦拉、阿里、馬丁路德金、甚至唐吉訶德身上尋到的體認，而這種體認就是「不認命」！正如《輕漫搖滾》第一首詩〈魂斗羅密技〉的最後一節：

即使一瞬間被擊倒（一擊即倒，嗝哦噢）
亦需要身負　無限次重啟的意志
無限次重啟的意志　魂斗羅的意志

以及《輕漫搖滾》最後一首詩〈墨忍〉的最後兩節：

這注定是個逆風而行的年代

「風起了，要努力好好的
活下去……」

讓我們像詩人一樣，在逆風而行的年代，努力好好活下去，期待讀他的下一本詩集。

著名詩人、譯者　宋子江

【推薦序】從微風到暴風：結束或開始

——《輕漫搖滾》序

當微風吹起　彷如昨日的妳
悄悄的闖進我的心扉
翻閱我倆過去的歲月
喚醒我倆過去的回憶……

——盧傑樺〈當微風吹起……〉（節錄）

這首詩很好，好在哪裡？好在夠青澀，而且各位親愛的讀者們不說不知，那個「妳」，實在很有味道，感性到完全超越本我，甚至到最後「妳」的味道並不單單只存在於詩內，而是瀰漫在當時詩人的整個創作空間，一個悶熱的課室，一張老舊的長木枱，一扇對著草坪的窗⋯⋯外在與內在，一整套龐大的可索性符號正誘惑著精神出軌，就在那個不可企及但又能看到的遠處，總之那個完美的「妳」，不，不⋯⋯雖然小姓呂，但畢竟不是真女，所以當然不是我啦，但話又說回來，這首詩的完成卻是我親眼見證的，因為坐在樺少旁邊的正是小弟。好了，基情四射點到即止。說回正題，〈當微風吹起⋯⋯〉是樺少大學時期的作品，大家不用費心翻找，在這部集子中是找不到的，但作為喜歡樺少作品的人，卻真的不能不讀一下，因為這完全反映了其大學的寫作風格，亦即其創作的原點。

這「原點」有什麼特色呢？無論是「聽路人說／它劃了一道生命中最亮的流星」（〈我拾到一把吉他〉），抑或「拈朵　暗香彤雲　微笑／遠處臥座／給膜拜幾千年的瑞相」（〈暮色梵音〉），還是「酹一壺風姿就歸於三界／臨行時扔落幾頁星火」（〈午夜獨坐〉），都顯得頗短，而且給人一種涓涓小流，碧湖澄澈的感覺，而其形制亦是屬於古老東方的。老實說，當年我以為樺少再寫下去準會變成第二個凌谷，直至看到「微笑的魚」這個系列，對，大家好應該記記這個系列，因為這雖然未必是詩人最爆的轉捩點，但作為一個觀察澳門新詩發展的人，我可以誠實告訴大家，這絕對是一個至為重要的過渡，而且是一個由 2001 到 2006 年的長過渡，當我看到「你在卡式錄音機裡要用多少分貝／才可拆毀磁頭，改寫語法／……／而我還未明白這人竟然用自己的生命奏哀歌／血，業已風乾」（〈微笑的魚（三）——給 X Japan 的吉他手 Hide〉）我就知道樺少沒有在過去的藝術探索上自我重複，甚至已經用強大的武力開拓了一個與他並不搭配的精神空間，讀者沒有看錯，我認為樺少早期的作品中的確存在著一種違和感，這很難具體言說，是詩由構思，到舖排，到收筆，所有的靜態序列都對頭，但就是感覺有所偏差，就像一個蛋糕，手法、份量都照足大師食譜來複製呈現了，一般人都難以察覺到什麼瑕疵，但與他一同鑽研的師兄弟，便會知道不對頭的關鍵。

但這並不重要，畢竟「初級層面」的佈局和要探索的路還是被詩人找出來了，以後有兩種可能，大多數創作者會發現由於不是過去自己最擅長的手法，所以從心理上就有點那個，說白了，就是怯。甚至想尋回自身的創作老路，以求安穩，以求自我感覺良好，於是新搭建的創作空間卻逐漸萎縮了。但大家千萬不要質疑這種選擇，因為停留在新的創作維度中，也不見得好到那裡，好些人就陷在這前不前、後不後的，到後來把最後一點的詩性磨滅到消失殆盡，而詩歌生命至此亦大可宣告失救。

正如樺少在《等火抓到水為止》後記中所言：「十年來寫詩和讀詩可以說已經成了我生活中不可少的一部分，它已經不是興趣，而是變成了習慣。」看吧！有此覺悟，於是便能換來一張等待券，可以進場等待。至於等待的是什麼呢？當然就是等待繆斯迫你用某種形式或內涵來言說詩歌。

所以我時常跟人說，成功不是與生俱來的，大部份詩人亦然，在「『殺雞焉用牛刀？』用一氧化碳便可／像極人類解脫地嗜痂、吸入，眼瞼沉重／安祥，如同入夜回到夢鄉……」（〈雞的啟示〉）中，樺少可以說已以全新姿態崛起於澳門詩壇，而我亦終於看到詩人這次崛起的光芒。

當然這種光芒的具體含義是什麼？是指創作技巧變得高超了？是社會參與意識愈發濃烈？這都是對的，但這不過是表徵，並不是突變的主要原因，這裡我判斷反而是樺少終於找到其於生命歷程中的相伴依存。如：

「人們一思索，上帝就發笑。」

——猶太諺語

踰越上帝是人類的天性，主宰生命、死亡。「雞一生病，人就發愁。」為什麼人生病可以休息而雞生病就要安息？病因何在？可能與人類無關。人啊！人懂得出賣自己的肉體換取金錢，雞給人類出賣。雞，為性慾也為繁殖；人，為了性慾發明避孕：結紮、服藥，甚至墮胎。在上帝批准賦予生命時結束生命。雞會自殺？人會。人會埋怨、厭倦、猜度生存。雞只能待死，只能在神祇面前一再為人的罪惡緘默……

——盧傑樺〈雞與人類〉（節錄）

只要稍為研讀一下作品，這裡無論是題記，到具體的「上帝」、「神祇」到「罪惡」，我們都不難看到整首詩的旋律都有受到宗教影響的痕跡，但奇怪的是，在樺少整個大學生涯中，筆者所能見到其發表作品都沒有這種傾向，當然不能排除樺少在接觸基礎教育開始，宗教已在其內心深處扎根，只是在作品中沒有更好地表現，或者說無法找到兩者間的契合點。但正如樺少自身所言：「假如我可以突破這道透明的界限／玻璃的界限、魚和水的界限」（等火抓到水為止——給I.M.一首關於愛與死的革命歌）。由〈微笑的魚〉到〈雞的啟示〉，我們可以看到宗教的內推力，甚至形成一種特殊的界限性突破，就是詩與宗教為伴的，更高層次的存在。當然表現得最完整最淋漓盡致的還是〈掙不斷草繩的鬥士參孫〉*。

澳門著名詩人、評論家　呂志鵬

---

*詳全文請見：

編者按：本序中出現的部份詩作，可參閱《等火抓到水為止》（澳門日報出版社，2007）、《詩人筆記》（澳門歷史教育學會，2008）、兒童文學刊物《童一枝筆》（澳門筆會，2016）

目錄

第一輯　搖滾意念

第二輯　下午茶

第一輯　搖滾意念

魂斗羅的密技
——有關命運、愛情與政治的輕漫搖滾

一

開始一個人的爭戰，要樹立自己
像支引路牌。管它前路是明路還是暗路
還是要像支樹立的引路牌，一個人的

面對生命這種孤島（必然的孤島）
不要想著世上有兩個相同使命的人會一起

兩個，不就是一個加上另外一個

雖然兩個人的前方　一模一樣
雖然兩個人的裝備　並無二致
紅色與藍色還是各不相干（各不相干）

遊繩而下，即使粗實的繩索有千萬縷退意
要落下終歸要落下。拳頭握得再緊
繩子的末端盡是一片虛空迷茫（虛空迷茫）

不用理會　存在的感覺被硬生生地置入
即使一瞬間被擊倒（一擊即倒，嗝哦噢）

亦需要身負　無限次重啟的意志
沒有戰友，只能狠狠地接受（狠狠地接受）
沒有戰事，又怎能算是人生（怎能算是人生）
沒有戰意，躑躅不前不要自稱　戰　士

一路奔向戰地　一路躲避伏擊
一路艱辛跳躍　一路跨越懸崖
一路涉水而行　一路隱沒潛進

即使一瞬間被擊倒（一擊即到，喎哦噢）
亦需要身負　無限次重啟的意志

無限次重啟的意志　魂斗羅的意志

二

——致10月22日的 I.M.

愛情要由兩人開始。一起闖迷惘的前路
誰願意讓這種美好旅程變作驚險遊戲？

寧願陪你逛逛街，看看喜歡的裙子
男生的廝殺遊戲，女生還是看看好了

因為戰敗。不斷的戰敗，是男生的專利

但生活中有無數的流彈，我願為你抵擋
只能怪責自己，不太堅強，亦不懂溫柔
被生活捲動，不斷向前，執迷於連發鍵

我們總是前行的時候只能上上下下（上上下下）
我們總是受阻的時候受到左右左右（左右左右）

但這樣緊靠你　就算背負一身重裝備
我身輕如燕　我自在　我騰空三百六

儘管如此，與你一起走走，邊走邊發現

我是你生命中的BUG*，亂入的飛蛾

亂入你的生命，改寫你完美無瑕的程序
但我願意將錯就錯　以這種最大的漏洞

調試出與你相依相愛相互廝守的最大密技
與你隨意走走，隨意越過驚心動魄的關卡
與你隨意走走，越過驚心動魄的關卡
以你我三倍的生命　你我十倍的人生

---

* BUG，亦即程序錯誤，或稱漏洞，是電腦程序設計中的術語。

三

異形島上的難關　愈演愈複雜（愈演愈驚嚇）
是設計者的安排，還是隱錯的頻繁回報
這裡有，不尋常的人潮湧現、每段道路
有非正常中斷或死機的現象、政客的言論
有如遊戲中的數據，一次又一次的丟失

異形島上的難關　愈演愈驚嚇（愈演愈複雜）
即使有無限次　重啟的意志，大家在抓狂
大家在抓狂爭論那種武器拼殺一流最有效
大家在抓狂鑽研一種職業可以不做不犯錯

大家在抓狂享受某種長生夾角長生的隱藏

大家在抓狂（在抓狂）在調試一個萬能的BUG
大家在抓狂（在抓狂）在發展上上下下的關係
大家在抓狂（在抓狂）在束緊左右左右的裙帶
大家在抓狂（在抓狂）在進行ＢＡＢＡ的選擇
大家在拼命（在拼命）輸入上上下下左右左右ＢＡ

異形島上的難關　愈演愈複雜（愈演愈驚嚇）
大家在拼命（在拼命）輸入上上下下左右左右ＢＡ
大家在拼命（在拼命）討論在口耳相傳在躍躍欲試
大家在拼命（在拼命）按鍵在想像人生無敵的開局

異形島上的難關　愈演愈複雜（愈演愈驚嚇）

於是我們明白（明白）別人有三十條命宣揚正能量
於是我們明白（明白）別人有不死之身講公平競爭
於是我們明白（明白）別人才能躲避陷阱化危為機
於是我們明白（明白）別人才能不顧一切狠狠廝殺
於是我們發現這是設計者設計遊戲時的玩弄的遊戲

異形島上的難關　愈演愈複雜（愈演愈驚嚇）
大家在拼命輸入上上下下左右左右ＢＡ
於是我們發現這是設計者設計遊戲的遊戲

後來我們各人都學會用金手指*彼此瞎戳
我們各人都在學習設計者設計遊戲的把戲

*金手指，在不同層面會有不同意義，通常會解釋作「二五仔」或「專篤人背脊」（出賣別人或告密）；在遊戲術語中，則是指一種遊戲機修改遊戲數據用的工具，後來引申成為屈機同義詞。（摘自香港網絡大詞典）

拳王阿里

——反戰藍調精選

1. 拳王阿里 8:23

之一

揮出的左勾拳：「能力越大，使命越大。」

——〈題記〉

穆罕默德・阿里，一拳擊倒黑白圍牆的男人。他讓我想起林肯，想起約翰・布朗，也想起馬丁・路德金。兩個白人設法拯救黑人，一個黑人為人類公義而犧牲。前兩者未將黑變白、白變黑，後者又步他們後塵而下雨天只能走在泥路上的黑皮膚阿里已經說：「我認為我是最好的。」自毀學術化、一體化的現在，誰首先忘了這先知的預言？跳著森巴舞的阿里在擂台上，每次都遇上名叫卡修斯・奇利*的敵人。每次都伴著一千分貝的喝采聲出場，每次都化成名字各異的拳王，每次都令他的言論和軀體品嚐死亡，每次他都要擊倒的對象！哪部傳奇懂得逃避善變的歷史和善忘的人們？哪部傳奇知道拒絕後來者先要成為經典？哪部傳奇渴望

*卡修斯・奇利：阿里的原名，黑奴的名字。

擊倒自己？擊倒自己用一記反越戰拳力為「戰爭的意圖是不斷殺死無辜者」*磅重的左勾拳。誰會讓別人肆意剝奪他的名銜，像肆意剝奪他的唇、意念、黑皮膚、拳套！漸漸模糊的意識只讓阿里默念：

「左刺拳虛攻……右勾拳強打……左肋……下巴……」，脫水的拳力逐下肅清這個時代所有可笑的觀念：戰爭、暗殺、軟弱、專橫、圍牆……阻礙歸家的圍牆

---

*口辯拳王阿里的口沫，還有「我令世界震撼」，「黑色最漂亮」，「我不再是奴隸」。

之二

失去雙臂：「如維納斯得到永恆的愛」

——《題記》

「我失去了雙臂，得到了永恆的義肢。」十二歲的阿里*發了炎的夢囈不斷。炮火仍舊燒著太陽，太陽依舊狂笑著是的，阿里剛想展開的笑容哭了又如何？你試過提早還了家人給上帝，為了報答恩典回贈了二十巴仙的皮膚嗎？

* 伊拉克少年阿里，2003年美伊戰爭的受益人：失去家人和雙臂的悲哀、一頁嶄新的人生、過多的異國關懷、英雄的名銜和拳套一雙。

在這時代和沒有蛛絲遺憾的年齡失去一雙手，如同拔掉
一顆「自慰」齒，極度幸福的人才會有錢哀悼的傷痛，不是嗎？
千多元的傷口癒合後不會再有感覺，如同得到義肢後不會再有
待放的紙飛機、粗糙的麵包、嶙峋的石頭、溫軟的乳房

「你失去了雙臂，得到了來自世界各地的鼓勵信呢。」「我忘了
信件內容的那天怎辦？還會有人鼓勵我嗎？」還會有人鼓勵我
先到街上遊行示威，在暴動時參與投石嗎？還會有人要我承傳薪火？
於隱處化身成瘋狂的普羅米修斯，獻上一懷抱的憤恨加光榮加回響？

他失去了雙臂，得到了一雙拳頭。因為沒有人抵擋得了他的眼神
，一雙大眼像粉牆上的彈痕般明亮、深邃、無處不在，你能承受

這種對手一眼窩心的重拳嗎？美伊戰爭的結果、美伊戰爭的英雄
十二歲的少年阿里，那天就在全球的電視螢幕上，技術性擊一批
又一批挑戰者與反戰者，當中包括一位廿四歲的青年！

2. 即興反戰藍調（又名：一支擁有手足情的小隊A小調）6:21

「只有死者才看到戰爭的終結」

——柏拉圖

遙遙無期的抗爭一定要阻止，如果我可以！如果我可以，
我不會用迷彩的戰衣和妳擁抱，這是妳知道的，艾利斯！

這是妳知道的，艾利斯！我不怕槍林彈雨，只怕妳盼我回家。
戰爭遙遙無期不能阻止，誰又會分清誰是煽動者還是被壓迫？

一如我曾經面對問卷和試卷的是非題，「你是否愛國？」的無奈與模糊。嘿嘿，艾利斯，我只會照顧我的兄弟，在生死場上，沒有時間掛念你，也不會讓生存成為理想，嘿嘿，我多麼的頑皮！我多麼的頑皮！隊長迪倫親吻家人的照片和信時，我會把他的步槍換成吉他，長官發現後準會罵人，脾氣臭得像我老爸！噢，老爸已一頭白花

狙擊槍的米高眼界最好，常射中女孩子的紅心！好，當他在狙擊鏡裡找尋獵物時，我會將他的水壺變成鈴鼓，將水壺變成鈴鼓……

火箭筒狂牛艾力偷吃朱古力時，打死我也不惹他，他一向都是空肚上陣。對！艾力拿起火箭筒的確有點像那患糖尿病的薩克斯風手

醫護員波比的臂膀有力，振動過不少垂死的心臟；手指敏銳，探訪過不少深居簡出的子彈，被炸掉右手拇指的他既彈得動貝斯又不會推辭！

通訊員金斯柏格年紀輕輕又暴躁，他換彈匣時我會遞上一支口琴，通訊器老早已給我做了手腳，每按鍵一次就一聲降E，它是藍調的靈魂，也是

我們的宿命。我們在曠野裡就這樣用槍枝築起火篝，唱起無人知曉的〈一支擁有手足情的小隊〉，不管四方有沒有狼，不管子彈有沒有上膛，像極流浪的吉卜賽女郎！火力不熱情嗎？天上爆出點點星星為誰而燼？

*戰壕中我多懷念我們的床，誰給我枕頭，誰給我輕紗般的床單？這個
媽媽的懷抱妳的懷抱，艾利斯！請妳給我枕頭，請妳給我夢般的床單
夢中我哀求從前的理想何時空降，架著飛機帶我的身體回家！

*重複一次

軍 軍 軍 軍 軍 軍 軍 軍

敵 敵 敵 敵 車 車 車 車 軍 軍 車 車 車 車 敵 敵 敵 敵

軍 軍 軍 軍 甲 克 克 甲 敵 敵 甲 克 克 甲 軍 軍 軍 軍

敵 敵 敵 敵 裝 坦 坦 裝 軍 軍 裝 坦 坦 裝 敵 敵 敵 敵

軍 軍 軍 軍 車 車 車 車 敵 敵 車 車 車 車 軍 軍 軍 軍

敵 敵 敵 敵 甲 克 克 甲 軍 軍 甲 克 克 甲 敵 敵 敵 敵

軍 軍 軍 軍 裝 坦 坦 裝 敵 敵 裝 坦 坦 裝 軍 軍 軍 軍

敵 敵 敵 敵 軍 軍 敵 敵 敵 敵

敵 敵

民 民

隊 暴 暴 暴 民

擊 民

游 暴 ———架被———

個 機

居 居 居
民 民 民 老態龍鍾阿伯 昇

居 居 居
民 民 民 一槍擊落的阿伯（帕）奇直

隊 隊 隊

擊 居 居 居 擊 游 擊 隊 擊

游 民 民 民 游 游

居 居 居
民 民 民 居 居 居 居 居 居
民 民 民 民 民 民

（ 烈日、 廣袤、

一

支

三吋厚軍服、 擁 埋怨、

有

手

黃金色沙漠、 足

情 思念、

的

小

隊 口唇爆烈……）

〈一支擁有手足情的小隊〉（插畫）

3. 紙飛機樣童年 3:40

……

多少人能擁有自己的理想，如同駕著一架紙飛機輕易？
受難中的少年不可以，試問哪一個長期被戰機偵測的頭顱會愛飛翔？

理想告訴我，誰首先駕御誰首先失去雙手誰首先墜毀！誰不知道，
飛機會遇到很多氣流、笑容、救生衣、逃生指南、臀部、目的地，
而失去一粒螺絲釘就如得到一張紙得到脆弱、易燃、飛不起……

安樂中的少年不可以，試問哪一雙與鍵盤十指緊扣的手會摺紙飛機？

一如澳門的山沒有高度，水沒有深度，只有超越海拔的近視眼！
出入於光纖的門檻，一眨眼就過去、就回來，不只一次遇上身份不名的
數據：道德、偽善、榮譽、人際關係……虛擬生活又認為生活虛擬

飛不起！理想紙樣的生活飛不起！這飛機只有頭等艙，沒有經濟客位
生活中已沒能耗的紙：都給阿婆收了去換銀紙，去換糊口的紙
都給生產商收了去造口罩，去造拒絕一切的罩；都給詩人收去了記錄經驗
都給澳門詩人收去了吸食陳年鴉片四百年過把癮，都給共冶一爐的
銷金窟煉製紙醉金迷，都給布穀鳥拿去抹血，都給我們拿去玩傳話遊戲
馬丁告訴我：《我有一個夢想》，我告訴生活：理想越大越容易超載

等火抓到水為止 Até que o fogo consiga agarrar a água

——給 I. M. 一首關於愛與死的革命歌

假如我可以突破這道透明的界限
玻璃的界限、魚和水的界限
假如我還有知覺、來世
我想擺脫所有
與水同在、與你同在

——題記

一、我看見你的身影，像一堆篝火在水中燃燒*

(一)

在一個卡夫卡的早晨。（老爸在露台抽菸，把心中的惡氣吐向天空）。我讓微曲的兩指隨意夾著一個壯年的悲傷。煙霧像一把雕刻刀向我黝黑且滿佈歲月的臉劃去，又像捏造我晚年的手

……露台之外，

打樁機把一支雪茄伸入大地的口腔，既強暴又溫柔

兒子你知道嘛，一支菸可解決多少壓力、生存

---

* 聶魯達語。

的煩惱。兒子你知道嘛，吐出的煙霧在高空
與大地的惡氣相遇，尼古丁綿延的從喉嚨、
氣管向大地深邃廣闊的肺部探索

然後像那個衣衫襤褸的礦工，遇上地陷、遇上倒灌的地下水、
遇上水位早已越過的鼻尖，然後從百米的煙囪慢慢升天
慢慢享受，拆毀大自然的聖殿。兒子你知道嘛，
大地沒有能力抵抗人類貪婪的賞賜，而我
沒有能力抵抗命運溫柔的進迫

（老爸呷一口茶，大地點著另一支雪茄）我看見你的身影
像一堆篝火在水中燃燒，在水中慢慢熄滅

(二)

在一個甲蟲般的早晨，你還是老樣子貓在被窩裡
我和打樁機這時已同步起床。這個美好的早上
美好的八時，朝八晚八的我和打樁機
比一對纏綿的拖鞋還要合拍

我和打樁機都願意為他們迷戀的愛人準備一道節拍強勁的
早點。電視機這時傳來甲蟲般的聲像：「12月26日是
節禮日還是拳擊日禮物中竟彈出戲謔的拳頭」*、
「蒙面少女只是在懷裡開了十支香檳

---

* 2004年12月26日（Boxing Day），南亞發生世紀大海嘯。

就把酒店和恐怖的自己炸掉」。

水這時被火煮得嗚嗚作響，蒸汽從水煲裡慢慢爬出來
連連打著呵欠，懶洋洋的在空中寫了行字：「愛
最終只會熄滅或者被淹沒。」

「如果愛可以呈現，世上到處都是火焰加火焰之後的
灰燼；如果愛可以呈現，世上到處都是淚水加淚水
之後的海嘯。」然後你起來爭辯：

「如果愛可以呈現，愛應該是眾水不能熄滅，大水
也不能淹沒的一堆篝火，像你的身影

在我心中燃燒。」

我看見你的身影，像一堆篝火在水中燃燒

二、我喝一口馬黛茶，才叼著我剛燃起的雪茄*

(一)

「堅強起來，才不會丟失溫柔。」

——切

* 馬黛茶和雪茄是切．格瓦拉生前的最愛。切．格瓦拉（Che Guevara，1928- 1967），阿根廷出生的古巴革命領袖，在玻利維亞革命中遇難。

（在一個切格瓦拉的早晨。）我喝一口馬黛茶，又點燃一支
雪茄，手指輕輕彈落菸葉生前死後的骨灰，如花火乍現

從古巴的哈瓦那到玻利維亞的猶羅山峽，從拉波特拉撒牌羸弱的
摩托車到格瑪拉號行將就木、行即入水的木船，從流浪
到革命，從生到死。我願意用接近生命盡頭的氣息

發現生命、發掘生命、發動生命。因為生者才了解生命，正如死者
可以看見一切的死亡。點燃一支火炬，管它熄滅，還是化成灰？

從反巴蒂斯塔政權到反帝國主義，從哮喘病發作的存在到
九顆子彈入侵死亡。從堅強到溫柔，從火到水，從雪茄

到馬黛茶，目光總如貝蕾帽上的星，孤獨一個，卻是
最明亮、最潔白、最具穿透力。一如水中的篝火

1967年10月9日清晨，那時那刻，他在想甚麼？
他在想，火或水是不朽的！

(二)

在一個唐吉訶德的早晨。我喝完最後一口奶茶又點檢著
長槍般的車匙，點檢著鏽跡斑駁的公事包

鎖上木門、鋼鐵大門，鎖穩電腦鎖、天地鎖、六合鎖，然後鎖定
生活中不只戰鬥一次的巨人。駕著沒有離合器的摩托，如一隻

大漠上失群的藏羚，紅燈前重遇同伴綠燈後分散；又如一隻
身無長物的螞蟻，頂著太陽和不合體形的任務，衝撞

衝撞我們這片土地。我們這片土地，有很多地盤在裡面，文化遺產
在左邊啊賭場在右邊。先生「發財裡面」啊「尋快活請到樓上」
發達的所多瑪或者色情的蛾摩拉啊！從罪惡中得到快樂
從快樂中得到沉淪。我這種波希米亞經常患上

時代的失語症，但我明白快要沉淪的地方最需要革命！格瓦拉先生
在嘛？格瓦拉先生，如果我忘記了「流浪漢腳步的芳香，
在我的身上久久飄蕩」的歌謠你還愛我嗎？如果
我的理想在生活的海嘯中沉溺你還愛我嗎？

你還愛我嗎?如果在你的胸口上有一道我的傷口。
如果在我的胸口,留下一片傷口的土地!
我還能愛我們這片土地嗎?

三、我就像一隻藏羚,在這裡缺水並失去毛皮

(一)

(在一個可可西里的早晨)。我們追捕高原精靈的刺客。日以繼夜。

吉普車昨天頂著太陽火今天揚起冷雪花。進入了胸膛的雪花,
久久未能融化。哦,我們經歷了人類真正的風霜真正塵土
我為真正的漢子獻首歌!咿呀呀喂!咿呀呀喂!

我們只有即興的歌即興的旅程，即興的心即興的革命
我為真正的漢子獻首歌！咿呀呀喂！咿呀呀喂！
真的漢子錢沒了、槍沒了、美麗的姑娘沒了
真的漢子一年沒有工資，還要保護羊子

保護羊子沒有槍，沒有槍的革命會成功嗎？藏羚羊
能跑出盜獵者貪婪的射殺嗎？藏羚羊能跑出族人
貧困的口袋嗎？能跑出被剝奪的命運嗎？

這裡到處都是食人的流沙！我看到天上星星般的流沙我就想家
回家沒有兩三天，我又想起美麗的青山啊美麗的少女
我的可可西里。我們怎能不眷念？牠們集體被屠殺

彷彿未曾遭到迫害，牠們集體被剝剩的肉身
彷彿未曾存在，牠們集體被兀鷹剔光、被
太陽吮乾的骨骼，叫我們火化

火失去水之後會像甚麼？我就像那只剩下魂魄的藏羚
一個失意的唐吉訶德或者落難的革命家一個

(二)

在一個波希米亞的早晨，我背著吉他、腰繫鈴鼓、手持
木杖。在這座城市裡，與羊群為伍，以放逐為家
我即興地哼哼唧唧：盜獵者見鬼吧！

羊群何嘗不以放逐為家？牠們頂著太陽涉足河道，找尋理想的
產羔地，牠們要幼羊進入知識的幽谷，走出道德的歧路
噓！這條路比母腹還要漫長，比羊水還要寒冷

噓！羊群比羊群更羊群！誰著重牠們的身價、牠們的沙圖什*？
社會貪婪的盜獵者！我們竭力保護羊子的率性，又要羊子
機警的越過隱密的流沙，子彈的流沙。噓！談何容易？
盜獵者的槍有滿滿的子彈在裡面，子彈裡有滿滿的星星在裡面？

---

* 沙圖什是波斯語，意即羊毛之王，被喻為軟黃金。
噓！羊毛出自藏羚羊身上……噓……

扒皮者的皮襖有明晃的刀在裡面，刀裡有明晃的靈魂在裡面？
噓！有皮子的羊有福了，因為牠們的天國近了；噓！
有皮子的羊有福了，因為牠們的皮子將被剝掉

將被剝掉；噓！有皮子的羊有福了，因為牠們快要
敵不過時代佈置的芳草，在眾羊面前脫下自己
用沙圖什作賭注，讓濕漉且燃不起的靈魂
光著身子上路……光著身子……上路

在一個波希米亞的早晨。噓！我隨著導盲犬
口中哼唱這座城市不懂的歌謠……噓……

行詩之急板

——向瘂弦致敬之必要*

炫耀是常識吧
獻媚是常識吧
有道理沒道理都稱讚是常識吧
讀一篇鮮為人知的密報是常識吧
看一段令人咋舌的短片是常識吧
遊行，喊口號，獨食與集會是常識吧

* 瘂弦《如歌的行板》成詩於1964年，今年迎來50週年，風采依然。

燒烤用叉是常識吧
走路穿鞋是常識吧
拍照打卡　更新近況
像隻徘徊的無腳鳥

車多路窄交通擠塞，是常識
三代同堂雞犬不寧，
是常識。結婚產子是常識
生離死別是常識
譁眾取寵，是常識吧
跑半馬、跳鄭多燕、吃喝玩樂
是常識吧

肌肉勞損是常識，肥胖體質是常識
地溝油與空難是常識吧
大眼夾胸要高抄、V面長腿要低抄
是常識吧

電郵或電話之後是密碼
地獄天使密麻麻

血調飲：黑金屬練習曲

【此詩已交予惡魔，配黑金屬，以死腔怒吼】

黑淚點點，鼓槌滴滴
　　點點黑淚打響軍鼓
一隊死亡大軍
　　暗夜整裝待發
黑淚點點是奶茶裡的珍珠
驚恐在飛舞，暈眩在搖擺
負片的世界以黑暗紀錄光明

黑夜之黑，已無一物可陳述

【二胡楔入，驚恐難分】

十九年華　地獄開花

鮮血斑駁，琴弦轟轟

　斑駁鮮血悶雷失真

一個人的身體

　遭逢萬軍突襲

鮮血斑駁是描繪了的屍臉

陰霾的命運，陰霾的將來

負片的世界以血液調較味道
血液之腥，已無一味可掩蓋

【二胡楔入，驚恐難分】
十九年華　地獄開花

我騷首弄姿像調飲杯在搖動
誰誤用慾念割破了我的喉嚨
我家中床不是惡夢的垃圾桶
誰傷害我的身體成一夜靈柩

【二胡楔入，驚恐難分】

十九年華　地獄開花

十九年華　地獄開花

十九年華　地獄開花

第二輯　下午茶

小心輕放 Handle With Care

小心輕放

你可以這樣說
我們是一群剛臨盆的媽媽
身體像飲料的瓶蓋給揭開
生命從瓶子慢慢被抽出

之後我們成了膠箱裡面的空瓶
搖晃的心，叮噹作響

是傷痛、是起伏不定、
　是絮絮叨叨的憂鬱症

請小心輕放　請小心輕放

你又可以這樣說
我們像一群剛出生的孩子
身體像一無所有的空瓶
渴望不斷被注滿、被注滿
我們成了膠箱裡面的空瓶，之後
虛無的心，哭鬧不停

是依附、是軟弱無力、
　　是情感缺失的焦慮症

請小心輕放　請小心輕放

我們處於動蕩的世代
我們是被扔到海裡的飄流瓶
我們只剩餘難民的條碼
我們的幸福早被吸光
夢想被注滿
我們是覆蓋了海岸的空瓶

我們是一群搖晃孩子入睡的母親
我們是一群聽著安睡曲的孩子
我們的願望飄浮不定
卻從未擱淺

讓我們彼此依偎、彼此叮嚀、
彼此作夢。讓海濤去了又來去了又來
像小艾倫*被媽媽輕拍著入睡，
像媽媽輕聲呵斥加利普，

---

*「……敘利亞三歲男童和家人要偷渡到希臘，結果不幸沉船，屍體被沖到土耳其一處沙灘上，男童的媽媽和哥哥同時溺斃伏在海灘的不遠處。……」

像加利普一邊搭建積木一邊盤算：

「小心⋯輕⋯放⋯⋯，小心⋯輕⋯放⋯⋯」

I am Kenji *

「什麼是玫瑰？／為了被斬首而生長的頭顱。」——[敘利亞]阿多尼斯

這裡有被子民不斷撕破的邊界

這裡砂礫滿佈，像個墓穴

---

* Kenji，後藤健二（Kenji Goto），2014年前往敘利亞試圖解救朋友，後被極端伊斯蘭組織「伊斯蘭國」綁架和殺害。"I am Kenji"是知情者發起網絡聲援行動的口號。

這裡像瞬間進入死亡的深淵
所以，既想生又想活的
都想從這裡逃出去
而我，我要偷偷的潛入

我何嘗不想好好的活過去
I am Kenji，我媽媽叫石堂順子
我不是童貞女所生我不是神
我不能五餅二魚我不能驅鬼
我有歷史包袱我放下我背起我的十字架
我勇敢地將「公義」變作動詞
我義無反顧將抽像的「友情」具體化

I am Kenji，我是個獨立媒體
我獨立不等於我獨行特立
我需要一個專注的頻道
將話語權分給受難的婦女與兒童
像晚餐時一起擘餅　彼此記念
我需要吃苦的觀眾、聽眾或讀者
我不需要綜藝節目裡的「oishii」和「yamete」*

I am Kenji，我是健二

---

*「oishii」即日本語的「美味」，美食節目主持的慣用語；「yamete」即日本語的「停手、住手啊。」，日本AV女優的常用台詞。

我的英語雖然不怎樣，but
I am not Jenga，我不是層層疊
一推就倒的　不是我
菊花與刀是我血液裡的家徽
既然處於安逸逃不過枯萎
何不　拔刀出鞘顯鋒芒
健二已知今生的使命
而這個今生，早已超越永恒

遊戲說明：真心話層層疊
遊戲一：
像玩積木一樣不斷的搭建與推倒

可以引發建築預算
　一次又一次的超支

遊戲二：
遠看以為是釘子戶
近看才發現是劏房

遊戲三：
上去的人越來越多
像瘋狂的難民擠倒一輛
進入自由的列車

遊戲四：
從上而下
層層壓榨
釜底抽薪
凶險萬分

遊戲五：
真心話是內鬥的遊戲
作為社交活動
最好是玩大話骰

遊戲六：

輪流只是玩法
壟斷才是規則

遊戲秘訣：小心輕取、小心輕放

縱然我是易碎品

縱然我是易碎品
請將我從膠箱裡面提出來
不至於在哐噹哐噹的聲音中
消滅自己。那怕從高處墜下
也看看能否摔成
一地鑽石

縱然我是易碎品
請將包裹著我的泡泡紙撕掉
讓光明能夠直照玻璃心臟
或將我真實的反映
讓我不至於模糊不清
老是陰霾

縱然我是易碎品
請拿走我的紙漿蛋托
讓我學習面對高牆
在我還未懂得堅強之際
至少理解

自己的脆弱

縱然我是易碎品
請讓我離開展示箱
我不是裝模作樣的傀儡模型
更不要低估這身戰甲
且看我面對生命的爭戰
持韁進發　風林火山

試業*

紅布掩蓋了名字
像一個無名革命者的謙卑
讓我懷疑
每個人都可用紅布蒙眼
生存與否也可以
作一種嘗試

* 商戶開張之前的測試運作。

先不論套餐是否昂貴
它將甜酸苦辣鹹分置於餐盤中
像人生中的成功與挫敗
像過多無用的獎牌
分陳羅列　均讓人回味
自豪與否已是其次

拍攝技巧的驚人聲勢
凌遲的牛肉在鐵板的刑具上
吱吱作響　怒烟四溢
將食客們的血腥暴君
一眼拔了出來

眾佳麗的名牌井然有序
國色天香令人垂涎
論到寵幸，沒有一個比得上
未翻之牌　未懸之燈
隔壁那人口中的細嚼慢嚥

用餐之時，嚐一嚐
牆上的掛飾是必須的
因為這款套餐的主食
新鮮空運的擺設
本週廚師竭力推介

進食之間，喝一口
迷人的燈光是必須的
因為這款跟餐的例湯
經過日夜的熬煮
盡顯名廚的功架

請再用感官和身體慢慢品嚐
桌椅和醬油瓶是嶄新的
顧客和侍應是桀驁不馴的
美味與否更是個人的
大家都在等待磨合和磨損

外面的顧客魚貫進入
侍應無暇的侍候和接應
將自己的光陰和體力
虛耗在這蒸餾的試煉裡
對於這種業債
任何人都掌有一百元的
生殺大權

大富翁之夢

站在起點上
我們被迫開始

輪流擲骰子
你總是投得一方又一方的土地
我們總是不斷的錯過又錯過
並繼續相信被植入的夢

我們繼續行走

或是踏上給壟斷的地界
被掠去一大疊的鈔票
或是墮落在價格驚人的奴房裡
消耗所有的生命力
或是隨機抽到了一個機會
卻被關進監牢
停止前進一個回合

幾經辛苦都不能到達終點
只好帶著無盡的怨忿
到隔壁玩鬥獸棋

辨音

近來我漸漸發現
我的耳朵出現了些問題
變得何其的敏銳和具閱讀力
我在聆聽
彷彿在品嚐法國勃艮地的紅酒
我可以辨別出步行聲的年份
我可以辨別出工作聲的酸甜度
我更可以辨別出話音的木桶味

因為工作的關係
我常常聽到孩子的哭聲
並辨別出它的味道
年紀小的孩子
就是哭與不哭的狀態

我想跟他們的父母說
這種是真的焦慮不安
這種是秩序感受到破壞
這種是快要明白分離的意義
這種只是撒嬌鬧鬧脾氣
這種只是與你黏連太久

這種只是別後相見
　充滿喜悅的哭聲

而大多數的聽者
對我的意見充滿疑問
就好像一個品酒的初學者
懷疑那些年份、收成
以致那些釀酒木桶的味道

網遊

還未吃下禁果
還未服用神丹
還未攀上天梯
我進入了仙境

在這裡，我聯繫了
各方的神祇
在這裡，我窺看了
眾生的秘密

在這裡，我擊殺了
背信的叛徒

我
在這裡活過了
千年
如一日

餐桌大戰

請禮儀師為淑女們講解
正宗的餐桌禮儀
解釋每件鋥亮餐具的運用技巧
如演練武器般講究

用餐的區域首先要虛構成
國界的設定　版圖的劃分
彼此的關係，應暗含
河水不犯井水的哲思

餐巾要筆挺，像莊嚴的國旗
覆蓋在靈柩之上
各人應低頭像默哀

疆域，在餐具交互擺弄時
不斷的擴大與割捨
這種分久必合合久必分的態勢
必須隆重上演
請緊握餐刀與叉子，迎接
空氣裡一陣劍拔弩張的味道
如接近七分熟的牛排

請先用叉子抵著牛排
再用刀子徐徐割下
一片一片的啖著
讓肉與汁在口腔內旋轉
像兩匹戰馬在競逐
請為煎熬它們的廚子敬禮
單單一道菜就有如此之氣勢
揮動湯匙時謹記自裡而外的捎去
便可擋格突如其來的攻擊

典雅的宴會上
一般不能點可樂與芬達

因為戰爭無事可樂
因為手段沒有芬達
更不能只管優雅地喝茶或清水
彰顯自己是淑女

這種場合得要來點酒
穿上戰袍　小心迎敵
把著高跟鞋……不，是高腳杯
搖晃著杯子的底部
幫助自己的身子搖搖晃晃
葡萄酒碧血般盪漾
與現場氣氛融為一體

誰管那是頻頻跑來探風的嘍囉
還是喋喋不休的挑戰者
皆可與之劈殺
桌上壓根兒沒有兩國交戰
不斷來使的調調……

只要淑女們無意糾纏
借著醉意，盛大的戰會
可隨時鳴金收兵
請將血刃的餐具斜斜交疊
在盤子上
或者將染滿口紅的餐巾

丟棄如旌旗
顯示休戰的誠意

查詢熱線

打得
很熱

回得
很冷

鬥獸棋

棋盤經已展開
棋子經已各安其位
此刻的生物課堂
我們先不談論
動物的骨骼標本
牠們的習慣與屬性
不妨直接談談在大自然中
牠們食物鏈的關係
以及這種關係的要領

誰先出場均不重要
只是開局確實令人疑竇全開
大象如何吃掉一頭獅子
若果面對真正的廝殺
牠對一棵成熟的香蕉樹
較容易全力以赴
而這裡的鬥爭
似乎與香蕉早已劃清界線

獅子是森林之王，卻因為瀕臨絕種
移居動物園已經有幾個世代
牠只見過乾淨的紅肉

至於這些肉本身有沒有皮毛
跟童軍煮泡麵拆包裝袋的爭論一樣
可以昇華到一個形而上的高度
因為在牠的成長史中
牠的森林只是牠的牢獄

老虎和花豹不用涉水過河
隨意一躍經已有違大自然法則
現在只要遇上一隻過河老鼠
這種跳躍就會受到阻撓
世上那有這種常理

家貓已經很怕老鼠
終日只顧呆在窗台上打呵欠
吃魚和捉老鼠
這些傳統小食和非物質文化遺產
早已變成失傳的手藝

狗就更加不用多說了
如廁需要看護沖洗和擦屁股
隨街大小便會遭到票控
冬天要穿著比皮毛要厚的衣服
流浪永遠不獲批准
只能入住露宿者之家

外出已沒有開口辯說的能力
除非在家自說自話

鬥獸場上「品」字陷阱的格局
設計上是如此周密精細
具備典型性和公共性
令人難以相信背後沒有策劃者
這種設局牽連甚廣
好像富人對著窮人
上司對著下屬
你對著我

我們還是不要討論如此艱深的問題
我們只是在動物園裡
熱愛動物的見習馴獸師

大限

信眾不只一次向簽到機
跪拜，以拈花的拇指或食指
將這段五體投地的路走盡
將指紋走成了一件擦破的錦襖
以默禱來應驗生活的美好

收集器散發來自冰島的綠光
摸空了一塊冰石的手指
逐頁翻動著生命冊

像天空上的羅帳飄揚

白夜紀錄了太多的準時和早退
但願剩下的日子遲遲未到
縱然指紋裡的山脈
每一天都在連繫成等高線
眾人醉心在迂迴的迷宮
尋找流逝且還未到達的將來

飛行棋

停機坪上的飛機
排列有序　並無二致
機身各種顏色均具備誠意
刺激著人們出走的願望

飛機航班何時開出
請乘客不要在顯示屏上找碴
留意圍賭的飛機師更為重要
他們沒有被迷人的空姐簇擁而至

他們拼命擲出可以通行的點數
所以大家不用拖著行李箱
匆忙闖閘

擲到一點或六點就可以起飛
絕對不用考慮機組人員的沒有檢查
絕對不用考慮飛行的耗油量
速度，以及航空管制指引
請放空自己投入旅程
期待空中出現的顏色能與機身
詭異地交疊
即可作出短途衝刺

像到達終點的長跑選手

飛行員搖一搖操控杆
忽略那些刻板的飛行路徑
隨時作瞬間移動
且看命運造化
大夥兒有機會遇上神秘的百慕達
或是突然的失聯
進入世界盡頭的仙境
這種旅程的期待和想像
開始有點超越常理

如此飛翔絕對無關氣壓
各人不用擔心耳朵鳴堵刺痛
但空中的交戰時有發生
網上購票時雖已說明清楚
該類機種擁有高檔的頭等客艙服務
雙人套房　生活品味
但方向舵一偏　戰事一觸即發
響尾蛇導彈已霎時就緒
屆時美艷的空姐無暇展示
救生衣和氧氣罩的正規穿戴方法
空全帶如何緊扣
洗手間全面暫停用

假設大家命運相同毫不相剋
機長會擦汗吁氣向大家宣佈
即將到達的地點、溫度與時間
飛機在到達終點前
會有不斷降落與爬升的現象
迴環往復　直到著陸為止
如此一來
請乘客仍須安坐位中　耐心等待
祝各位旅途愉快

下午茶

昨天下午孩子餓了
他嚷著要吃一點東西
我也很想吃下午茶
於是說要到小店買熱狗吃
他好奇的問那是甚麼
我說這是一種
世界上最好吃的麵包
孩子開始慌張了

開始嘀嘀咕咕
世上那有一種麵包
將可愛的小狗夾在中間
孩子急忙的問
這種麵包怎麼（能）吃呢
我說先將熱狗包焗熱
之後在上面加點
蕃茄醬、芥末醬、青瓜醬

孩子聽了之後連忙說不
還說
他最喜歡的

還是世界上最會說謊的麵包
沒有菠蘿的菠蘿包

第三輯　忍法十帖

忍者神龜*

這是精神被污染的結果
人類因子異化的產物
物質文明沒有造就他們的神性
反而使之日漸失去尊嚴
世界的荒誕劇卻如此公演

* 美國一套著名的漫畫。

他們以金錢之名背負金錢
身體沉重、步履維艱，因為他們
有著看不見的巨大財富與未來
裂變的GDP、人行道、世遺景點……

這裡需要爭取公義的神龜
而不是堅執的甲殼
不需要鴕鳥藏頭的土坑，或者
忍屋裡面逃難的機關

世界的荒誕劇卻同場加演

需要更多財富的人　會向他們
丟個硬幣　許個願望
把他們身上的金錢也帶走

這不是美國英雄式的史詩
這是城市勞苦大眾的生理反應
一股不尋常的忍痛現象

苦無*

這唯一自保性命的武器
六吋長、精鋼打造。最適合
刺殺目標與自我了斷

為了生活，薄薄的刃被寄以厚望
把魚釘在砧板上　切腹去鱗
公開任務　履行忍道

* 忍者的貼身武器，又稱「苦內」。

我們的後裔皆潛伏於城市
鐵索的高空從業員、派傳單者的手裡劍
蹲在草叢裡用鎖鐮翻土的花匠
為了生活，我們已偽裝了好幾年

潛伏於鬧市以便搜集情報
哪間超市明天有貴賓日、哪號奶粉
剛剛驗出有食用問題、哪支
股票值得把生命押上

為了生活，有時我得捨棄道義
我們有三代也供不完的領地

我們是隨時破產的領主
一分幾文　足以讓我們精神緊張
「貧、苦、大、眾、皆、陣、列、在、前」*
一邊祝唸咒法　一邊連續結手印
集體無意識之結界已經完成
內心又回復安穩　連一點苦
都消失不見

---

*九字真言護身法術，原文「臨兵鬥者皆陣列在前」。

隱身術

這是一種世界通行的法門
像流行性感冒一樣
不用傳承或親授
只要一天又一天的無知下去
這術將會臻至無我之境
（這是一門荒誕的生活偽裝術）
小城的忍者最擅長此術

他們周遊於不同領主之間
一群被包養的食客
沒有真正的立場
像老虎機裡不斷錯配的圖像

他們叫苦、發怨言皆無我
他們會遊行、會請願、他們會繼續
化成牆垣、石群或者稻草人
隔空謾罵　潛藏真身
長期缺席的忍痛者

（這是一門荒誕的生活偽裝術）

相傳此術並不難破
只要向他們投射手裡劍或者金錢鏢
一些價值不菲的明器
持續的六千至八千
準讓他們原形畢露
意志消沉

具

下雨天
我會用雨具
因為這些
雨傘、雨衣、雨靴
都用來遮擋雨水
令大家
不致被弄濕
這段時間是雨季
風雨綿密

從上個世紀
一直下
下到現在

而在陽光底下
在那毒辣的
陽光底下
我要用這些
太陽帽、太陽鏡、防曬霜
這些東西
來阻止侵害
這些東西

統統這些
應給個怎樣的名稱
才容易提醒大家
時刻保護自己
從這一刻
開始

平治的逃竄

黝黑的車身吸飽了水晶蠟
像群充滿血液的蚊子
叮在痕癢的皮膚上
停滯不前

在每個炎熱的下午
不論熄匙與否
駕駛室總搖至平躺的姿勢
一個又一個

像回到三十年前
午飯後喝了酒的父親
赤著上身
在屋裡的尼龍床上睡覺

感覺上
那個是平治的年代
屬於木屋區
貧窮的
和平與治世
那種久遠的和平與治世
跟這些違泊的平治

有著驚人的相似
像一種預言的輪轉

它們有著夏日蚊子繁衍的速度
剛換季便佈滿了整條大街
擾人的蚊子
是金錢滋養之物
晃來蕩去
找尋一身惹蚊的皮膚

大街上沒有可以安頓的位置
殘疾人士的車位也給寶馬佔了

整條大街的黃實線
將旅遊車
量了一遍又一遍
黃虛線將一輛又一輛的
政府專用車
連成一條嚴密的陣線
抵禦企圖超越警戒線的遊客

一種晃來蕩去
有關蚊子的活動
很快就給打了報告
路過的騎警

夾帶陣陣強風
警示燈閃動
像厭煩者迫不及待開啟電蚊拍
罰單一樣的捕蚊紙還未佈置
一群悠閒的蚊子和平治
瞬間逃竄
不見影蹤

聞到重生的氣息

林茂塘*是個活水塘
林茂塘仍然死水一片
潮漲時，外面的污物會湧進來
潮退時，外面的污物會擱在灘上
每天路過這裡都聞到一股難聞的腥味
仿似嬰孩的出生

---

* 林茂塘位於澳門的北面，從前是貧民區，水塘是活水，但水卻混濁不清，潮退時往往發出難聞的氣味。

坐在圍欄外、石墩上的中年人
他們有時也會自帶塑膠凳子
這恰好證明他們
偷來了一點時間
偷得了生命中一點悠閒
在這密密麻麻的樓群
他們會花錢買支帥氣的魚竿
與它花費掉一個甜蜜的下午

他們總有魚獲
他們總是歡喜並可惜
他們總會進行困難的選擇

放生還是把它吃掉

癱臥在水塘一隅，有一堆抽泥管
鐵鏽每天都扒食它的肉體
惡水的味道每天都刺激它的志氣
總有一天重振昔日雄風
它實在不像癮君子的注射器
不是體弱者的排尿管
亦不是車房無日無之的噴漆槍

它是一支大吃的吸管
能吃掉甚麼它一點都不知道

它有堵塞著的內部
像每天在這裡鍛煉右半身的中風老人
腦袋裡面壞死的血管

他扶著及腰的矮牆踽踽獨步
拐杖斜掛背上像個武鬥落敗的忍者
他向前一步風就吹動
陽光就喚醒路上的灰塵
腦袋內的細胞觸鬚
再次接上了停滯的手腳
如此的當下

我聞到了重生的氣息

奧義
——致母親

為了我這種孩子
你已不計較三億五千萬忍眾的圍剿
保家護國的女忍者
靜靜的霧霾山林裡，悄悄握著背劍
他們大部份死在你佈下陷阱的暗道內
有的就走著走著　走不完你堅忍的迷宮

尚有最後一名強弩之末的死士
你感化他以一個懷抱　不悔的懷抱

從此，我要在你體內大大的報恩
縱使這種報恩，一天一天把你傷害

像地殼親近地殼觸發的火山噴發
像苗子吸吮泥土不斷抽取養份

你的身體在不斷的崩壞與釋放
同時又在建造與接納

你創造了我在世上最安穩的忍屋
空間狹少卻何其遼闊，過於宇宙

你在我孤獨的宇宙
迴盪千萬光年的母音

你要我獲得將來所有的快樂
你允許我經過苦痛的產道

這時我差點忘記　你發動奧義的那天
　我們一起痛苦並一起獲得快樂

忍法帖：飛簷之術

——致搭棚佬*

星期天究竟是一星期的頭一天？
還是一星期的最後之日？
如果星期天要好好的休息？
那麼星期一他還沒有上班去？
為何他沒有在星期天晚上
喝完孖精、聽完電台廣播劇

* 搭棚即築棚，傳統建築技術，港澳稱築棚工人為搭棚佬。

讀完舊報紙之後呼嚕大睡
然後清晨伴著一陣咳嗽聲
隱沒於家門之外

為何星期天我家的棚搭佬
這時坐在沙發上絲紋不動
他的氣力已經用盡了嗎？
像一枚充電多次的電池？
像一條伸張了多次的鬆緊帶？
為何你還未施放從前
來去無影的術
讓我心靈安穩而不致憂心忡忡

習慣從清晨進入黑夜
所以烈日當空算得上甚麼？
烈日當空只不過是烈日當空
別人打著傘子他頂著日子
迎向烈日、置身於爐端
棚架差不多烤透了
赤裸的上身被強行穿上
光明千針萬紉織造的夜行衣
（一生也脫不掉的連身衣）
敵人全都躲藏隱沒了
他迎向烈日　生死追擊

這光明所烙上的咒印
光明的咒印
是貧苦大眾的紋身
是忍痛者的傷痕
天空的空愈表現自己
光明愈顯得混濁
白雲的白透露這種污點
像病入膏肓的
飛蚊症眼球

像簷下隱密處孤獨的蜘蛛
為生活佈置巨大的網羅

在尼龍蔑和茅竹*的吐絲之間
來回遊走　捕而無獲
狩捕者空守成獵物
自己獵殺了自己
敏感的複眼是脆弱的心靈
飽受危機不斷的警戒：
削竹之利刃、苦無般的鋼釘滿地
以及粉身碎骨之踏空

搭棚者術一施展

---

* 尼龍蔑和茅竹為搭棚工人的紮棚材料。

將無人發現他的地位
這種與生存扭打、
隱沒於棚架的態度
從前稱作忍道
及後　基於貧苦一詞的負能量
已美其名為混合鐵人賽
或者是超越人體極限之運動
話說回來
運動不就是運動嘛
運動除了有益身體之外
又有甚麼好說呢

忍屋（港譯或澳譯：忍者居屋）

誰還執迷於夜行殺戮
世界上已經沒有
值得處決的人
諸君不妨苟存於盛世
如我
如一頭我
如一頭籠裡的我獸
（我忍）

世界如此狹窄，竟然還容許我
還容許我有藏身之格
（我忍我忍）
我在走廊散散步
放放風，我在溜
溜著我自己，頸項上鐵鍊
已繫在，已繫在
房東之手，波士之手
他們已不是可以賣命的德川家康
（我忍我忍我忍）
我在豪華客艙一樣的床格裡，我享受

我享受有一餐沒一餐的便當，我看
看他們如何合力蹂躪
一個馬桶。我在聽，我在聽
天空小說，我在聽
我在聽粵曲和馬經，我在聽
漫罵此起彼落四重奏
我在聽懂一枚硬幣落地的投注
（我忍我忍我忍我忍）
我睡下隔床你垂下腳像給我
翻牆的繩索。我伴著衣伴著物
我伴著廁紙我伴著電視
我伴著風扇，像伴著

彪炳的戰績。躲避撞頭擦肩的往事
像躲開羈絆孤獨的修煉，像躲開
混亂不清的性關係，像躲開
來路不明的暗殺者
躲開光線　啃吃晦暗
（我忍我忍我忍我忍我忍）

我進入忍屋我閉關我開始修煉
他對待他自己，像你對待你
我對待我自己，像你對待你
我修煉我向誰下了戰帖
我忍耐我開始集氣

我挑釁我結手印
我預約武鬥我隨時恭候

籠子裡我每天釋放瞳術
我切割了　整個世界
我切割了鄰人和生命
我切割了黑暗和光明
我與別人說一句話
我只說了一句話
我擦著了我
無
妄

花火的

＊記澳門2014年四外藉女傭死於可疑奪命火，香港2015年籠屋血案。此註為說明這首詩的時空背景，故內文未見註標。

墨忍

這種堅毅若果不是默默的忍受
該會是一種很好的牽絆
請成為逆風裡發聲的
生命傳銷員

請喚醒忍痛者心靈裡的痛楚
這種痛楚來自捨棄（或者救贖）
捨棄房產、藍籌、法拉利
捨棄芭比女體、學術地位

因為欲望是隻不斷被吹氣的球
欲望是隻不斷被放線的風箏

忍痛者需要學會逆風而行
紛亂的年代有管理紛亂的哲學
「尚賢節用　兼愛非攻」
證明了荒誕的年代需要延續
更荒誕的行為

花兒捨棄芬芳和脆弱
　　然後造就果子
小溪捨棄閒逸和短淺

然後造就江河

這注定是個逆風而行的年代
「風起了，要努力好好的
活下去……」*

---

*法國詩人保羅・梵樂希之語。

後記

詩歌創作是我生活的一部份，在寫詩裡我找到了自己的生活。感官助我認識世界，而寫詩鍛煉了我察看世界的目光，寫詩和生活讓我不斷觀察和思考。詩歌創作需要詩人善於「發現生命、挖掘生命、發動生命」，這句說話是我的詩作〈等火抓到水為止〉裡的其中一句詩，詩人對周遭的環境總要具備獨特的目光，這種目光應該像嬰孩，因為嬰孩對世上所有事物充滿好奇，他們發現事物的特徵是通過對事物的不斷追問，發現既有事物的獨特和嶄新的意涵，詩人的要求更為嚴苛，他需要不斷摒棄舊的觀念。在表達上詩人需要打破文字意義的侷限，在詩歌創作中賦予其新的生命，而這些發現與挖掘，都是為了讓讀者在閱讀的過程裡得到好處，心靈上得到滋養。在創作上有時會遇到了困頓，因為我們總不想讓自己墮落在自己陳舊的語言叢林裡，總想自己心目中完美的作品得到實現，詩人得想方設法的改變，所以在我這些創作的日子裡，我進行了很多的改變，而這種改變需要放棄之前建立的、具有個性的詩歌語言，迎向未知，單是這種意念就是一種生存的感悟，詩人的心意需要經常更新而變化，這種變化就是生活。

〈等火抓到水為止〉這首詩集的名稱沿自一次實驗吉他演奏會，記得很久以前受友人之邀，去觀看日本實驗吉他手灰野敬二和吉田達也的演奏，他們的演奏會主題是《等水抓到火為止》，樂手忘我的表演和充滿破壞力（創造力）的樂音，給我思想上有很大的撞擊，這種衝擊亦給我在創作上有很大的啟發，後來我借用了這個題目並作了一些改動，將「水」和「火」二字互換，因為「火」的意念更張揚和具衝擊力，而這種意念早在〈拳王阿里〉這首詩就開始了，後來我在想，原來搖滾樂對我的影響是如此之深。很多人看到這個題目都會有這種執念，火怎能抓到水？水火相遇一定是彼此破壞，水會給蒸發掉或者火會給弄熄，我想，這就是我要告訴讀者知道，我在詩歌裡用了三組詩說明火與水的和諧呈現，這種呈現《聖經》已經講了一次，聶魯達也講了一次，而生活裡都有不斷地重覆又重覆著，即使是經已發生，或是將要發生的。

正如我之前所說，我發現了，或者看過我作品的都發現了，我的詩歌創作有更多「歌」的意念在裡面，詩歌的濫觴是兩者曾為一體的，文字與音樂從前曾走向兩極，後來有很多詩人有意將詩與歌復和。我詩作裡面的歌，比較傾向搖滾一類，創作的時候總會伴隨著強烈的樂音，讀此詩集你或會聽到的藍調、龐克、重金屬，甚至是黑金屬，搖滾音樂有很紛繁的心理變化，讀此詩集中你或會感受到的孤獨、慵懶、冷鋒、革命、嘻哈、破壞、憂鬱、譏諷的意念，當下雖然不能以音樂把詩作演繹出來，但詩歌就好像把我的心靈剖開了，將這隱藏的都一一呈現，所以我的新詩集名為《輕漫搖滾》。此詩集收錄了一些代表詩作，當中有〈拳王阿里〉、〈等火抓到水為止〉、〈行詩之急板〉，這些舊作可見於內地作家出版社的詩集《拳王阿里》，因為我發現了自己的搖滾意念，所以我想跟大家分享，故此有意輯錄在一起，當然這裡有我不少近年的新作，其中很滿意的是主題詩〈魂斗羅的密技

——有關命運、愛情與政治的輕漫搖滾〉，這是詩繆斯女神的靈光一閃，而〈忍法十帖〉是一個異數，有人一定以為我深受電玩、動漫的影響，但我可以跟你說，這都是「搖滾」惹的禍。

國家圖書館出版品預行編目（CIP）資料

輕漫搖滾 / 盧傑樺著. -- 初版. -- 新北市 : 斑馬線, 2017.01
面；　公分

ISBN 978-986-93908-5-9（平裝）

851.486　　105024053

輕漫搖滾

作　　者：盧傑樺
編　　輯：施榮華

發 行 人：洪錫麟
社　　長：張仰賢
製　　作：角立有限公司
出 版 者：斑馬線文庫有限公司
法律顧問：林仟雯律師

總 經 銷：楨德圖書事業有限公司
地　　址：新北市新店區寶興路 45 巷 6 弄 7 號 5 樓
電　　話：02-8919-3369
傳　　真：02-8914-5524

製版印刷：龍虎電腦排版股份有限公司
出版日期：2017 年 1 月
I S B N：978-986-93908-5-9
定　　價：200 元